Von meiner Wohnung in deine – M. R.

Für Skye – E. H.

Ausführliche Informationen
über unsere Autorinnen und Autoren und ihre Bücher
finden Sie unter www.dtv.de

Deutsche Erstausgabe
2021 dtv Verlagsgesellschaft mbH & Co. KG
Titel der englischen Originalausgabe: The World made a Rainbow
Erschienen bei Bloomsbury Publishing Plc., London

Umschlagbild und Innenillustrationen: Emily Hamilton
Übersetzung: Salah Naoura
Satz: Gaby Michel, Hamburg
Printed in China · ISBN 978-3-423-76333-2

Ein REGENBOGEN für uns alle

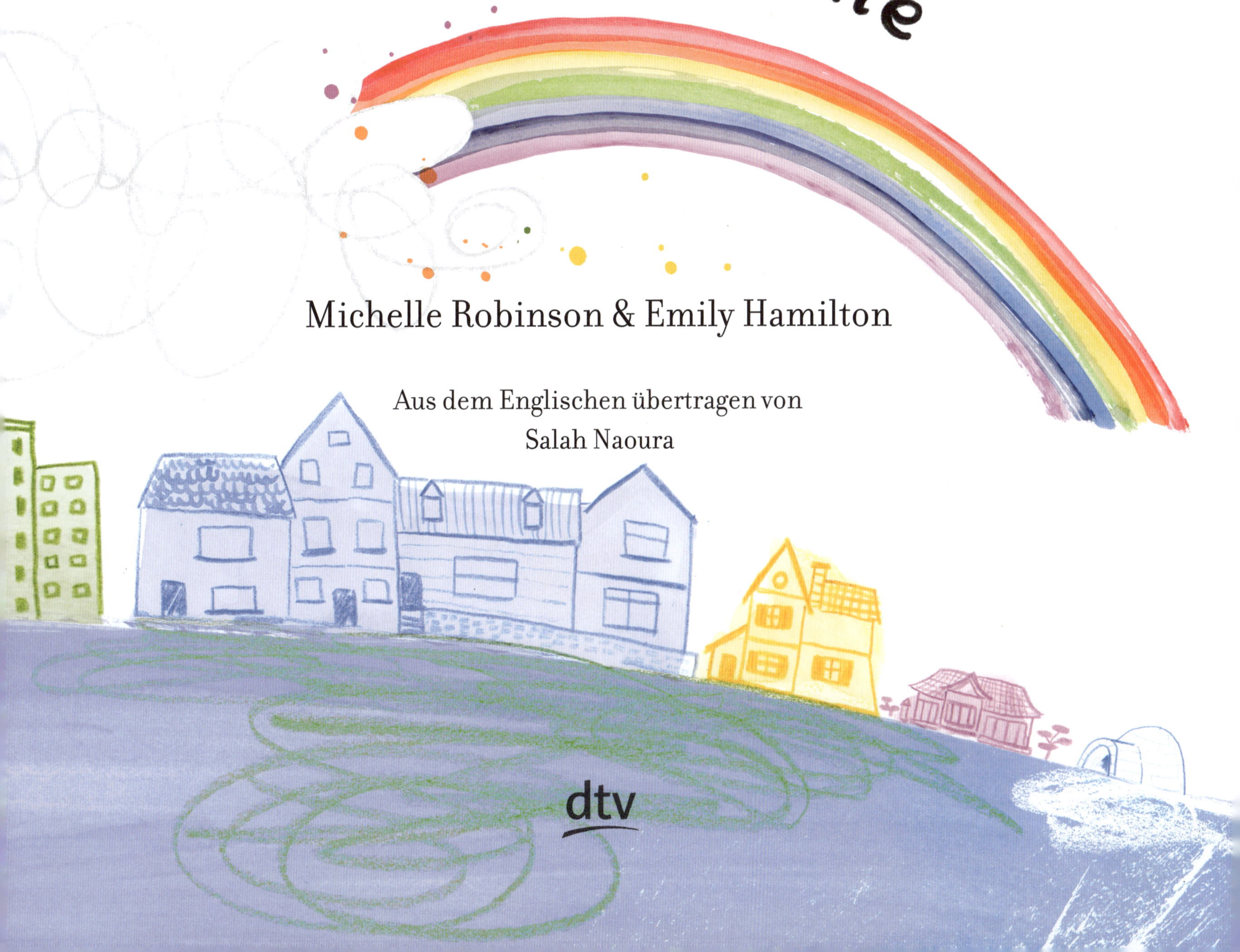

Michelle Robinson & Emily Hamilton

Aus dem Englischen übertragen von
Salah Naoura

dtv

Alle Welt bleibt heut zu Hause,
draußen spielen hat grad Pause.

Blöd, dass man sich so vermisst,
bis alles wieder besser ist …

»Mal doch einen Regenbogen!
Ist ein Sturm vorbeigezogen,
wird der Himmel meistens schnell
wieder strahlend blau und hell.«

FARBEN
liebe ich
so sehr …

Erst kommt ROT,
ist gar nicht schwer.

Das Dach der Schule,
das ist ROT …
Wie doof,
wir haben Schulverbot.

Ans ORANGE komm ich nicht dran.
Für Mama fängt die Arbeit an.

Mein kleiner Bruder tobt und schreit,
ich bin jetzt für GELB bereit.

Farben *mischen*,
das ist schlau …

Bloß für GRÜN fehlt mir mehr BLAU.

Enttäuschung

grummelt mir

im Bauch …

Doch Papa meint:

»Karton geht auch.«

Mein Bruder hilft beim Suchen mit

und kleben kann man schön zu dritt.

»Ans Meer!«, seufzt Mama. »Solche Sachen will ich gerne wieder machen.«

All …

das Schöne,

das ich …

mag!

Auf
dunkle Nacht folgt
HELLER
TAG!

Und Regenbögen wären ja
ohne Regen gar nicht da.

Meiner, fällt mir gerade ein, soll noch viel, viel bunter sein!

»IN-DI-GO? Wie sieht das aus?«

Papa lacht. »Du kriegst es raus!«

»Wie dein erstes Rad. Es müsste

Fotos geben, in der Kiste!«

»Mamas Hose!«

»Ganz genau.

Indigo, das ist ein Blau!«

Papa knipst ein tolles Bild,

von uns für Oma,

ziemlich wild!

Mein Regenbogen ist schön groß

und gefällt mir grandios!

Als Letztes brauch ich

VIOLETT …

Viola ist so supernett.

Sie fehlt mir so,
ich muss sie sehn.

Das kann Mama gut verstehn.

Wir skypen schnell. Und ungelogen:

Auch sie malt einen Regenbogen!

Ich und Mama gehn zu ihr,

Viola macht das auch bei mir,

um unsre Bilder anzusehn,

und als wir winken, ist es schön.

Nicht perfekt für dieses Mal,
nur okay. Was soll's, egal.

Ich mag alles, wie es ist,
und wenn man sich auch sehr vermisst …

… haben wir uns trotzdem gern,

ob nun nahe oder fern!